プリント倶楽部

～幸せのある場所～

筒井 くによ

文芸社

プリント倶楽部〜幸せのある場所〜／目次

第一章

My Love

1

私の目の前に、写真がある。平成八年四月と記されているそれは、私が中学三年に進級したときの学級写真だ。

今は、平成十三年。十四、五歳だった私や私の親友、そして、憧れのあの彼も、来年には成人式を迎える年齢に達していた。

私はたぶん、忘れないと思う。十年経っても、二十年経っても、あのときのことだけは忘れることができないと思う。

だって、あんなに自由に恋をしていたことはないから。


「やっと同じクラスになれたね。よかったたぁ」

私のそばで声を弾ませたのは、幼稚園のときからの幼なじみである福ちゃんだった。

確かに、彼女の言う通り。入学したときから、私もずっと願っていたのだが最後の年でやっと叶った。

今日は、中学校生活最後の始業式。昇降口に張り出された『クラス替え』の紙を見ながらのことだった。

新しいクラスは、三年六組。二階に上ってすぐの教室だ。

「ここかあ」

教室に一歩足を踏み入れて、少しため息をついた。

(また、あんなことにならなきゃいいけど……)

この教室は、一昨年、一年三組というクラスの教室だった。私はそこの生徒として一年を過ごしたわけだが、人見知りが激しく友だちもできなかったため、男子生徒からイジメを受けるようになった。そばにいると、露骨に嫌な顔をされたり、それを言葉で言われたり。ひどいときには、テスト用紙にゴミを包んで机の中に入れてあったこともあった。

そのうち、イジメは男子だけではなくなった。女子の中でも意地悪な人は私を拒み、清掃のためにイスを動かしたことだけでも「汚い」と罵られた。

結局、イジメはなくならなかった。先生に相談して注意してもらったこともあったけど、ずっと陰口は続いた。

「おはよう。芹沢《せりざわ》さんだよね」

不意に呼ばれ、私は声のほうを見た。視線の先にいたのは、元クラスメートの高倉未樹《みき》だった。

「高倉さん……」

私は少し、警戒した。彼女は一年のとき、私のクラスメートでイジメの傍観者だったからだ。

「私たち、また同じクラスだね。よろしくね」

(そうだ。そうだった)

私は少しずつ、いろいろなことを思い出していた。

彼女とは出席番号も近かったし、どことなく近寄りやすい雰囲気が感じられたので、何度も言おうとしていたことがあったのに、伝えられないまま、時間が経ってしまったのだ。

人なつっこい笑顔に、私は先ほどの警戒心を消し、彼女に対して一気に心を解放していった。福ちゃんのほうも、新しい友だちに出逢えたということで嬉しさのほうが先走り、必要以上に身構えることはなかった。

数日後、私は他のクラスにいる友だちから一冊の卒業文集を借りた。それは、小学校を卒業するときに学級で製作する安っぽいものだったが、内容は一人一人の夢や希望で溢れていた。

「彼のお姉さん、すっごい美人なんだよね。妹もいるけど、そっちは全然ダメ。性格がダメってことだけどね」

部活中であるというのに、私は文集を広げていた。

パラパラとページをめくっていると、副部長のマリちゃんが口を出した。

「ふーん」

私はただ頷いただけで、きちんと返事はしなかった。

「ショウちゃん、同じクラスだったよね」

トランペットをケースから出していたショウちゃんに、マリちゃんが言った。

「アヤくんって人？」

「そう、浅川一也」

浅川一也くんは、私が二年のときに好きだった人だ。顔はそんなによくなかったけど、性格とか物腰は柔らかく、特に学年主任の先生はいつも絶賛していた。

だから、好きになっても間違いはないだろう……と思い、告白したのだ。

結果は、惨敗だった。『僕は、芹沢さんに興味なんて全然ないし、友だちにもなりたくないので』という文章がワープロで打たれていた。

私はそれでも、どこか彼を追い求めるように文集を読んでいた。

「ねえ、山岡くんて、ウチのクラスだよね？」

隣に座っていた、福ちゃんに問いかけた。

「山岡喜見《やまおかよしみ》くんのこと？」

「うん。……ほら」

ページをめくっていると、彼の自己PRが載っているところが出てきたのだ。

「へえ、アヤくんと山岡くんて同じクラスだったんだ」

「そうみたい」

理由はないけれど、私はなぜか、彼のページに引き寄せられた。この意味のない求心力こそが、彼を好きになった最初の一歩だった。

2

根拠のない恋愛（といっても、カタオモイ）は、日に日に気持ちを膨らませて、四月の末には『自分の好きな人』として心の中にいた。

席が近くなることはあっても、同じ班になることのなかった一学期は視線を送るだけで、精いっぱいだった。だから、せっかくの修学旅行でもきっかけさえ作ることができなかった。だけど神様は、忘れていなかった。私が彼に想いを寄せていることを。

二学期の最初の音楽の授業は十月二日にあった。先月は体育会の練習やらで時間割の変更が続き、その授業を待ち侘びている人も数人いたようだった。

担任の先生が来るまでの間、私は末樹ちゃんと福ちゃんとでいつものように雑談をして過ごしていた。どういう話の流れかは忘れたが、不意に福ちゃんが席替えのことを口にした。

「今日、席替えがあるかもよ」

末樹ちゃんが言った。

「確信は持てないけど……。たぶん」

「そうかあ。よかった」

末樹ちゃんは満面の笑顔でそう呟いた。

そして迎えた、五時間目。福ちゃんの予想は的中した。

席替えは抽選で行われる。

私は遊び半分で(山岡くんの隣になれますように)と祈りながらカードを引いた。

先生がカードナンバーを言うと、級友たちは指定の席へ着いていき、感嘆の声をもらしたり歓喜の声を上げたりした。

末樹ちゃんはとっくの昔に席が決まって、私と福ちゃんの行方を眺めていた。

(早くう。早く、呼ばれないかな)

ドキドキして、心臓が体の中から飛び出してきそうになったとき、私はようやく呼ばれて南側の一番後ろに決まった。けれど、何だかまだ落ち着かないのは、隣に座る相手が決まっていないからだった。

「二十二番」

先生の声が教室に響く。みんなの視線が、まだ決定していない福ちゃんと山岡くんに注がれる。一番緊張しているのは、私だ。

（うそ、祈りが通じた）

気がついたとき、至近距離にいたのは、山岡喜見のほうだった。

「え～～～～～！！」

福ちゃんが席に着くのを待たずに、クラスのみんなが一斉にブーイングを始めた。

私の見た限りでは、女子の数人がカードの引き直しを訴え、男子（彼の友人たち）は、冷やかしの声をかけていた。

先生はというと、私の気持ちを知ってか知らずかやり直すこともなく、授業を進め始めた。

「やったじゃん」

未樹ちゃんは、そう言ってくれた。

「私も驚いたよ。でも、よかったね」

福ちゃんも何だか嬉しそうだ。

「ま、まあね」

私は素直に喜べなかった。あのとき、彼の幼なじみ（未樹ちゃんの隣に座っていた山村吏絵《やまむらりえ》ちゃん）の不安そうな怒っているような醜悪な顔。それと、私の協力者であるはずの英田《あいだ》みなみちゃんの「やり直しを」という言葉。

私は、彼を好きになってはいけなかったのかもしれない。だけど、この想いを今さら打ち切ることなんかできるわけがない。

進むしかない。そう思った。

同じ月の十六日、私は告白を試みた。それも、授業中にである。

渡すはずのラブレターは、女の子らしくピンク色でバラの花がプリントされていたりなんかしたもの。それは、教科書の間に挟んでいたので音楽室までは簡単に運べた。けれど、本人に渡すとなると少々困難が生じた。

「ティッシュ、ある？」

彼が聞いてきた。

私は、ポケットを探ったがどこにもなかった。

「ごめん。持って、ない」

そんなふうに簡単に会話を交わしたのが未樹ちゃんたちにはかなりのきっかけに見えたようで、先生の目を盗んでは私に合図ばかり送ってくる。

(わかってる)

みんなが焦っている以上に私も焦っていた。でも、手紙は渡せなかった。

彼が、現場の状況に気づいたからだ。手紙を受け取りたくないばっかりに席を離れ、授業がすんだら一目散に飛び出して行った。

「あっ」

私は手紙を持ったまま、そこに立ちすくんでいた。

「佳野《かや》ちゃん、どうなった?」

未樹ちゃんがやってきた。

「ごめん。渡せなかった」

「どうして?」

授業中という盲点に、誰も気づいていない。

「渡せなかったものは、渡せなかった……」

「どういうこと、それ?」

末樹ちゃんは納得がいくように説明をしてほしそうだったが、わたしも福ちゃんも言えなかった。

放課後になっても末樹ちゃんのイライラは解消されず、私たちは「教室に忘れ物をした」と嘘をついて担任に教室の鍵を借り、半ば強引に彼の机の中に手紙を入れた。

末樹ちゃんの押しの強さに負けて勢いでやってしまったが、自分の気持ちが伝わるかもしれないと思うと、胸が高鳴った。


十八日になって、私は驚くべき事実と出くわした。

給食時間。福ちゃんと末樹ちゃんとで雑談をしていると、彼と同じ塾に通っているみゆきちゃんが訪ねてきた。

「佳野ちゃん、ちょっといい？」

突然の訪問だったので、驚くしかなかった。

（もしかしたら、返事かな？）

嬉しい期待を抱きながら、廊下へ出る。

「どうしたの」

「よっちゃんの……ことなんだけど」

明るかった表情が、だんだん険しくなっていく。

「山岡くんが、どうしたの？」

「手紙、机の中に入れたって言ったよね。そのこと、確かめたんだけどね……知らないって……」

「えっ!?」

放心状態が私を襲う。

「そんなに落ち込むことないって。自分で机の中調べてみれば？　ねっ」

みゆきちゃんは私の肩を軽くなでて、戻っていった。

元いた場所に戻り、二人にそのことを告げると、二人とも、信じられないといった表情を見せた。

私だって、信じられない。彼以外の誰かが、あの手紙を読んだかもしれないなんて信じたくなかった。

3

思いがけないハプニングからほどなく、私は二度告白を試み、三度目の正直でやっと気持ちを伝えることができた。

初秋の日の、清掃時間。ここで手紙を渡さなければ、もうチャンスがないような、そんなふうに感じていた。

「佳野ちゃん、しっかり」

背後で、和音《かずね》ちゃんの声がした。

彼女はクラスメートであり、私の恋の協力者だった。いつもは行動するグループも何もかも違うのだが、彼のことを話しているところを聞かれてしまい、それからことあるごとに関わってくるのである。

「うん……」

体も、心も、声も、ガタガタに震えている。あの席替えのときのように。

だけど、今日に限って、彼は友だちと自転車置き場へ消えてしまったのだから、しくじってしまう可能性は大きい。

終わりのチャイムが聞こえて、私の焦りも最高潮に達したとき、やっと彼が姿を現した。グループの最後尾にいたので、声もかけやすかった。

「山岡くん」

声は届かず、わずかに彼の体が過ぎていく。

このままでは、ダメだ、と思うと、勝手に声が大きくなった。

「山岡くん、山岡くん」

ゆっくり振り返った彼は、どちらかというと無表情だった。

「これ……」

メモ用紙を差し出した。

それでも彼は表情を変えない。もしかすると、心の中でこんな日が来ることを予測していたのかもしれない。

しばらくして、背後から「やったあ」と叫ぶ声が聞こえた。和音ちゃんの親友である、みなみちゃんや亮子ちゃんが声の主だった。彼女たちは掃除をすませ、わざわざ私が告白するところを見に来たのだ。

ありがたいと言えば嘘になる。彼女たちは私の恋の協力者ではあるが、踏み込みすぎて関わりのない人を巻き込んだことが一度だけあるのだ。私も未樹ちゃんも福ちゃんも、「そんなこと、しないで」とは言えず黙って見ていることしかできなかったが、心の中ではうんざりしていた。

告白してから数日後に、文化祭が行われた。文化祭そのものも大事だったのだが、実行委員が未樹ちゃんだったので、余計に応援したい気持ちに駆られた（結局、部活動に時間をとられて片づけくらいしかできなかったけど）。

私たちのクラスは金魚すくいやヨーヨー釣りといった企画で、教室の出入り口と天井には風船をあしらった。

午前中、生徒会役員の和太鼓の演奏で幕を開け、劇があったり合唱があったりしてトリを務めたのはブラスバンド部だった。

私と福ちゃんは、ここに所属している。二人とも打楽器担当だ。

夏のコンクールで披露した二曲を中心に演奏するプログラムで、私は最初から椅子に腰をかけていた。

譜面を見ているはずなのに、なぜか身が入らない。数十メートル向こうに彼がいると思うと、落ち着かないのだ。

あの日も、あの夏の日も、確か頭が真っ白になって体ばかりがブルブル震えていた。そして、今、客席に彼がいると、確実にわかっていた。

彼と同じ塾に通っている知人に頼んでチケットを渡してもらい、チケット代は自腹を切った。彼は、私からだと言うと「誰、それ？」ととぼけていたらしい。何度も視線を交わし合ったのに、同じクラスであるのに、ずっとしらんぷりをしていたそうだ。

気がつくと、発表すべき曲はすべて終わっていた。午後からの『中庭コンサート』がすめば、三年間お世話になった部活ともお別れだ。たいして腕は上がらなかったけれど、いろんな人に出逢えて経験できたこともいっぱいあった。

午後。気持ちいい秋空の下で、コンサートが始まった。教頭先生とガキ大将Nくんのジョイントがあったり、校長先生が阪神タイガースの応援歌を歌ったり、さまざまな歌が飛び出した時間だった。

楽器の片づけがすむと、どこのクラスからも賑やかな声は消えていた。陽もだいぶ傾き、教室のそばの廊下には人影ができるほどになっていた。

（あっ、山岡くん）

教室の様子をうかがっていたら、近くに彼を感じた。彼は金魚が泳いでいるビニールプールを名残惜しそうに見つめていた。

（好きでいても、いいよね。君は変わりなく、私に接してくれるよね）

心の中で、強く思った。

『いつも、君は』

いつも君は　笑っているね
大勢の友だちに囲まれて

いつも君は　優しいね
誰といても　どんな場所でも

愛が　優しさを生んだ

愛が　ひとりの人間の性格を変えた
君というのは　ひとりしかいなくて
他の誰にも代われないから　君が好き

4

文化祭から、二週間経った。この頃からサイン帳がクラスを飛び交い、男子から女子という光景も珍しいものではなかった。

「ねえ、佳野ちゃん。いつ渡すの？」

そう聞いてきたのは、みなみちゃんと和音ちゃんだった。和音ちゃんはいいとしても、みなみちゃんは苦手だった。そりゃあ、幼稚園の頃は仲よしだったが、いつからか鬱陶しい存在だった。

「いつ……。いつかなあ」

私は曖昧に答えただけで、そばにいた未樹ちゃんにアドバイスを求めた。

「末樹ちゃん、どうしよう」

いつもは、誰かに頼ったりしないのに山岡くんがらみのことになると、自分の意思では決められない。

「渡しなよ。あとになって後悔したくないなら、渡しなって」

「でも……」

いつまでも煮えきらない私の態度に待ち切れなくなって、二人はまた声をかけた。

「頑張ろうよ」

和音ちゃんがはっぱをかける。

「何なら、私が……」

非常識なことを言ったのは、みなみちゃんだ。

「みなみがやったら意味ないじゃない」

和音ちゃんが制してくれたので、みなみちゃんはそれ以上は何も言わなかった。

彼女は、山岡くんを好きになりかけていた一人で、私から言わせれば偽善者にすぎない。

私は自分の席に戻り、一枚のサイン帳を取り出すと視線を彼の席へ向けた。

「呼んであげようか？」

最後の最後までお節介なのは、みなみちゃん。

「大丈夫」

毅然とした声ではなかったが、強いものはあったはずだ。

彼はノートを広げ、せわしくシャーペンを動かしていた。提出するはずの漢字がまだできていないのだろう。

「山岡くん」

休み時間なので、誰がどこで見ているかわからないと思うと、小さな声しか出せない。

「これ、書いて」

返事も待たず、机のすみにサイン帳を置いた。

「うん」

やっと返事がした。

「やったね」

和音ちゃんの声が聞こえて、私は嬉しさのあまりVサインをした。

ホームルームがすんでも担任教師は姿を現さないので、友だちと雑談をしている人たちが出てきた。私も、未樹ちゃんと喋りたかったが席が離れているのでそれは無理だった。

そんなときだ。山岡くんの口から私の名前が出たのは。

「ユウマ、これ芹沢さんに渡して」

昼間渡したサイン帳だった。

私と同じ班の小田切《おだぎり》ユウマくんが受け取り、その後みなみちゃんの親友である亮子ちゃんの手に渡り、サイン帳は私のところに来るまでに関係ない人の手垢がついてしまった。

「ありがとう」

私は、呟くように言った。

「よかったね」

私の前の席にいた、亮子ちゃんが言った。

「うん」

「ねえ、山岡くんて恥ずかしがり屋なのかな。顔が真っ赤だよ、見てごらん」

亮子ちゃんに言われて、私は視線をゆっくりと彼のほうへ向けた。ほっぺどころか顔全体に赤みが差している。

（ほんとだ。でもどうして？　ただ恥ずかしいだけで、あんなふうに渡すなんて）

私のこと、好きなんだろうか？　そう思いたくなった瞬間だった。

5

二学期が終わる頃、私たちの中ではある変化が起こっていた。私と未樹ちゃんの仲はますます深くなっていったのに、私と福ちゃんの仲は悪化の一途をたどっていた。

原因は、とても小さなことだった。福ちゃんが私たちに嘘をついていたのだ。

いつからか、私たちは自分の進路のことを話題にするようになり、私は『行きたい高校』があったわけではないが、なりたい職業はたくさんあって、どれになろうか悩んでいた。看護婦、学校の先生、小説家。どれになっても構わなかったが、やはり本命は作家だった。

未樹ちゃんは学校の先生を希望していたが、勉強ができるのに好きでないから大学へ進んでも他の仕事をするかもしれないともらしていた。

福ちゃんは、去年、ある高校の体験入学に参加してから調理師になりたいと語っていたけれど、あまり熱心には言わなかった。

三学期になって、ようやく私は福ちゃんの受験校を知ることができた。公立を一つと私立二つ。クラスでかなり話題になったという記憶がある。

「福原さんて、志望校決まってないの？」

小田切くんだった。

「決めてたけど、変えたんじゃないかな」

私は本当のことを知っていたが、言えなかった。

成績が合格レベルに達してなくて、一次試験で落ちるよりはレベルを落としたほうが無難だと言われ、私が受験するS校を二次試験で受けることにしたのだという。

はじめてそれを聞いたとき、私は落胆した。他の人はみんな、仲よしの友だちと同じ高校に行ったり受験校が同じだったりするのに、私はそんな小さな願いさえ叶えられないのかと哀しくなった。

福ちゃんは、そのことで嘘をついていたのだ。最初は体験入学をした公立を志望していたのだが、最後の懇談で担任から「無理」と言われて私立の学校のレベルを最低限にまで落としたのだ。受験先の私立のR校は、自ら進んで志願するような人はめったにいないマイナーな学校だった。そのことが他の人に知られるのが怖かったらしく、いつも適当なことばかり言ってその場を流していたそうだ。

「そっか。そういうことだったんだ」

口論の末、やっと福ちゃんが本当のことを言ってくれた。

「ごめんね」

福ちゃんの眼には涙らしきものが見えた。

「一緒に、S校行こうって約束したのにね」

「ごめん……」

俯いたまま、もう何も言葉がなかった。

「福ちゃん」

未樹ちゃんも切なそうにため息をついた。

私はこのときはじめて、福ちゃんの『親友』にはなっていても『心友』にはなれていなかったことに気がついた。十年以上も一緒にいながら、心の隅々まで理解ができていなかったなんて。私たちが過ごしてきた時間の価値って、どれほどのものなんだろう。

「幼なじみって、当てにならないね」

私は誰に言うわけでもなく、呟いた。


それから二週間後、合格発表があった。ホームルームをすませみんなが廊下に出ると担任は教室の出入り口にカーテンを引き、出席番号順に名前を呼んだ。

テストの答えを確認し合う者や、友だちとのお喋りで気持ちを和らげようとする者などさまざまな人がおり、その雑踏の中を喜びに満ちた顔で走り抜けていく者はすでに合格証書を手にしていた。

山岡くんは相当嬉しかったらしく、証書を受け取るとものすごいスピードで教室から出てきた。彼は、私が通うS校の電子機械科に進学するはずだったのだが公立に受かりたいために私立のレベルを落としたのだ。

「おめでとう」

私はそうとしか言えなかった。

彼が、同じS校を受けると知った日、私は間違いなくこの恋は続けられると思った。続けたいと思った。

でも、本当の受験校を知ったのは私立の試験が行われる前日。山岡くんのめざす公立は女子生徒の少ない工業高校。

泣くことはなかったけれど、できれば同じ学校へ行きたかった。カタオモイでもいいからずっとこの人のことを想っていたかった。

私のほうはというと、もちろん合格で。だけど、親がそうしろと言って受けた学校だし嬉しさ半分、悔しさ半分と言ったところだろうか。それでも、何とか高校生になれるのだから喜ばないわけにはいかなかった。

「あとは公立の試験だけだね」

自転車置き場までの道を三人で歩いた。未樹ちゃんは多少興奮ぎみで浮ついた気分だった。

「うん」

「私は二次試験も残ってるけど」

と福ちゃん。

「そっか、頑張ってね」

「うん。頑張る」

私は、末樹ちゃんと福ちゃんと離れるのが嫌だった。仲よしの友だちがみんな同じ学校へ行くから、羨ましくてそう思ったのかもしれない。とにかく別々の高校へ行くのが嫌だった。

6

バレンタインの日は朝からいろいろ大変だった。直接渡す勇気がないもんだからいつもより早く学校へ赴き、彼の机の中にチョコの包みを入れた。

包みの中は、ハンドタオルと一口チョコが一緒になったお手頃価格のもので、手紙も添えてある。

そして、そういう日に限って彼は遅刻寸前で教室に入ってきた。

福ちゃんの斜め後ろの席が彼で、彼の前は赤坂くんだった。赤坂くんは、彼と同じ高校（私立）を受けた一人で、どこで仕入れたのか私の想いを知っていた。

山岡くんは朝のホームルームの途中、しきりに机の中を探っていた。そして、ゆっくり手を入れ「何かを見つけた」という表情をした。

福ちゃんも、私の席の前に座っていたみなみちゃんもその顔を逃さなかった。

（よかったあ）

そう思わずにはいられなかった。そして、事件は給食時間に起こった。

「ねえ、机の中にあるか、調べてみてよ」

移動教室から戻ってくると、みなみちゃんがそんなことを言ってある男子を困らせていた。その男の子は赤坂くんの前の席の倉田くんで、言わば三人は同じ班の班員だった。

「ねえ、何してるの？」

椅子のそばでムズムズしていた倉田くんに福ちゃんが言った。倉田くんはみなみちゃんから頼まれたのだが、気が進まないからどうしようかと思っていたそうだ。

「オレ、そんなことやりたくないんだけど」

倉田くんは歪んだ顔をして福ちゃんに言った。

「ごめんね。倉田くんがやりたくないなら、もういいから」

福ちゃんがそう答えると、倉田くんは行ってしまった。

「何、考えてるんだろ、みなちゃんは……」

私は吐き捨てるように言った。

みなみちゃんは、朝からずっと包みが気になっていたのだ。だから、関係のない倉田くんを使って調べさせようとしていた。チョコは机の中には残っておらず、行方を知っているのは山岡くん自身だけだった。

私は倉田くんには悪いけど、受け取ってもらえたと解釈し、その日一日は高鳴る鼓動を必死に抑えながら授業を受けた。

そういえば、渡す前にもみなみちゃんはお節介なことを言っていたっけ。私は、創作が趣味で特にこの頃は詩を書いていた。題材はもちろん、山岡くんだ。

「手紙と一緒に詩も入れたら？」

そのときちょっと賛成したい気持ちはあったが、実際にはできなかった。山岡くんはそんなものに興味がなさそうだったし、それより私が彼に伝えたいことが伝わらなかったら意味がないと思ったからだ。

私の作品はクラスの人のほとんどが読んだことがある。これもみなみちゃんの策略によるものだった。

『愛することの大切さ』

ひとがひとでなくなったときとは
ひとを愛さなくなったときだと私は思う
私たちみんなが幸せに生きて行けるのは
誰かを愛する人がいるから
誰かを愛してくれるひとがいるから

みんな　世界のどこかでつながってるの
みんな　誰かを想いながら生きてるの

愛は人格までも変える　恐ろしいものだけど
大切なものでもある

ひとがひとでなくなったときとは
ひとに愛情を求めなくなったときだと　私は思う

こんな変な趣味のおかげで、私はなりたい自分を発見することができ、いつからか未樹ちゃんもその魅力にとりつかれ似たような職業をめざすようになった。

まあ、素材として描かれている山岡くんは鬱陶しいような変てこりんな気分に襲われたかもしれないが。

「もうすぐ卒業だね」

日差しが少しずつ柔らいできた、ある日の休み時間。

私と未樹ちゃんは廊下でいつものようにお喋りをしていた。

「そうだね。早かったね、この一年」

「でも、楽しかったよね。このクラス」

そう言って私は、教室のほうに視線を向けた。窓の向こうでは、級友たちが友人たちと楽しそうにやりとりを交わしていた。

「うん。楽しかった」

「最初は、またイジメられるのかと思っちゃった。だって、一昨年はここ、一年三組の教室だったでしょ」

「そんなこともあったね」

私たちの会話はいったん波が引き、周りのノイズだけが二人の耳に届いた。

中庭を見下ろすと文化祭の日のことがよみがえり、教室に目線を走らせると山岡くんとのハプニングを思い出し、校庭の風景を思い描けば体育会のことが浮かび上がった。

一年といっても、体育会後の月日は本当に早く過ぎていき、辛いことも嬉しいことも抱え切れないいくらい経験した日々だった。

「ねえ、未樹ちゃん」

「な～に？」

「ひとつだけ、言ってなかったことがあったんだけど……聞いてくれる？」

「別に、いいよ」

「あのね。……友だちになって……って」

「そんなこと？」

軽く笑うような声がした。でも私は、ここへ入学して未樹ちゃんを知ってからずっと、言おうと思っても言えなかったのだ。これだけのことが。

「ねえ、未樹ちゃん。私たち、友だちだよね。死ぬまで……ううん、死んでも」

「当たり前じゃない。そんなの、常識」

「そうだよね」

「そうだよ」

そう言って未樹ちゃんはいつもの微笑みをくれた。

私は、中学生になってさまざまな人と出逢ったり恋をしたりしたけれど、未樹ちゃんにはベストフレンドの肩書きをためらいなくあげられる人だと思った。もちろんすべてをわかり合えているわけではないけれど、私が出逢った高倉未樹は他の誰にも代われない、いわばかけがえのない友だちだと考えて間違いないからだ。

でも、これから来る別れは必然的なものだ。避けるわけにはいかなかった。

7

卒業式がやってきた。その日は、空もあまりきれいな色をしていなかった。

私と福ちゃんは、歩いて学校までの道をたどった。

教室は、掲示物も剝がされ一学期最初の姿に戻っていたが、黒板だけは折り紙やイラストで装飾され華やかだった。

出席番号順に並び、体育館へ歩いていく。ここからもう、式は始まっている。淋しさが緊張に変わった。

未樹ちゃんは、福ちゃんは、いったいどんな表情でここに座っているのだろう。他のみんなは淋しいなんて感じないのだろうか。

校歌を歌い、三年生全員での合唱が終わり、私たちはたくさんの人の拍手とともに三年間という時間にピリオドを打った。それはあまりにも早い、別れだった。私はここへ来ていろいろなことに触れ、さまざまな人と出逢った。友だちができなかった一年間。イジメを受けたり、仲よしの友だちから裏切られた一年間。そして、素晴らしい友だちと恋に出逢った一年間。忘れたいくらいしんどい思い出もあるが、それはきっとどこかでプラスにつながるはずだ。

少し離れた席で、普段と変わりない様子で友だちとお喋りをしていた山岡くんとも今日は一回も視線が合わなかった。本当は同じ高校へ行きたかったし、もっと違う恋の仕方があったのかもしれないけど、この恋は卒業と同時に終わるように最初からシナリオが創られていたのだ。これ以上何かを求めても、もうどんな結果も生まれはしない。

（ありがとう。恋をさせてくれて、アリガトウ。出逢わせてくれて、arigato。フラレて泣いたのは君がはじめてだったよ。それでも、ありがとう）

そう言って私は、教室を出た。

友だちと何枚かの写真を撮り終わると、私は校舎のほうをゆっくりと振り返った。

白く大きなそれは、私だけでなくいろんな人の想い出を抱えて立っているような気がした。

「佳野ちゃん」

声がしたので誰かと思うと、末樹ちゃんだった。

「なんだ、末樹ちゃんか」

「どうしたの？　元気ないじゃん」

「末樹ちゃんはいつもと同じだね」

皮肉な答えだったかもしれないと、言ったあとで気がついた。

「ねえ、末樹ちゃん」

一呼吸おいて、私が言った。

「な〜に？」

「私たち、ずっと友だちだよね。死んでも友だちだよね」

離れてしまうという実感が、ようやくこみ上げてきた。

「そうだよ。どうしたの？　突然」

「未樹ちゃん、今度逢うときは自分の夢が叶ってるといいね」

「そうだね。でも、歌手なんて実現できるのかな？」

「できるよ、頑張れば」

「佳野も、頑張ってよね。小説家」

「うん！」

私の返事が弾んだ。


『Message』

もう数える程しか　この道を通り
この学校の門を　くぐれないけど
みんなと過ごした三年間と

出逢った日の空の色は　忘れない
胸がいっぱいになって　自然に涙があふれる日まで
私はみんなの　みんなは私の
大切な友だちだから

いつか　みんなの夢が叶ったとき
逢いたいね
それまで覚えていてね
クラスのこと　仲間のこと
そして三年間過ごした　この学校のこと
想い出はいつまで経っても
宝石のようにまぶしいままだから

8

卒業式の翌日、私はこれまでの経験を文章にした。今読み返すとおかしな表現ばかりだが、『こうなりたい』と心に強く誓っていたアカシなのかもしれない。

結局、山岡喜見との恋はうまくいかなかった。その返事を電話でもらったのだが、私は受話器を戻すと同時に泣いてしまった。フラレて泣いたのは前にも書いたけれど、彼がはじめてだった。それだけ真剣になって、心の中で絶対ウマクいくと信じていたからだと思う。

勘違いも甚だしい。自分の都合のいいように考えると、自身が辛くなるとはわかっていても幸福なほうにしか解釈できないのだから。

でも私は一年かかって、幸せのある場所を見つけ出した。その場所は、三年六組の教室だ。三十九人みんなの、喜び、悲しみ、希望なんかが入り交じってそれぞれの目標が定まったからだ。

私は決して忘れない。

この三年間で出逢った人たちを、
このクラスを支えた担任を、
そして、一緒に学んだ三十八人の仲間を。

第一章の終わりに

この話は一番最初に書いたものから、もう二回ほど書き直している。そして、書き直すたびに当時のことを思い出し、涙したり、笑ったりしている。

高校を卒業してから、もう一年。その間に私は二度仕事場を変わり、親友の幹ちゃん（未樹ちゃん）は歌手をめざす傍らで保育士の勉強をしている。由佳ちゃん（福ちゃん）は、製菓衛生士になるため、専門学校に在学中だ。そして、もっとも卒業後の情報が少ないのが山岡喜見だ。専門学校に進学し彼女もできたと聞いた。

でも、あのときに終わっているのだから、気にかけることはないはずだ。それでも私はときどき彼のことを口にする。

「好きか？」と聞かれたら返答に困る。あの頃より情熱は薄れているけれど、まだ未練のようなものが心にある。

飛鳥川　淵は瀬になる世なりとも　想い染めてん人は忘れじ

世の中は変わりやすく儚いものだけれど、一度好きになった人のことは忘れませんよ。という意味の歌だ。私はこの短歌が大好きだ。だって、その通りなんだもん。

第二章

17歳のひとりごと

言葉より、伝えることが困難なもの
それは、愛や恋といった目には見えない気持ち。
いつか、本当に好きなヒトにだけ
届けて下さい。
あなたが、世界で一番幸せになれるよう祈っています。

媚びるより、媚びられるほうが
かっこいいに決まってる。

君の一番は誰？
僕の一番は君なんだけど。

「愛すること」
愛することは、力がいる。
胸の中にいつも相手を住まわせていなければ
いけないから。
だからだね、
みんなが愛されることだけ考えてるのは。

なぜかな?
空を見てると
青い空を見てると
誰かに励まされてる気がして
とても元気になれるんだ。

この世の中で一番辛いことは、
誰からも　必要とされなくなったとき。

今日は逢えなかった。昨日も、一昨日も。
君と逢えることだけを楽しみにしている下校。
時計だけが知っている魔法の時間。

4：45p.m.

虹を見た。雨上がりの午後だった。
あの橋を渡って、自由な場所へ行きたかった。

一度も逢ったことがないペンフレンド
プリクラを見ながら、どんな子だろうと、
想像　ふくらます。

梅雨にはたくさんの雨が降るけれど
空の神様は、毎日悲しいことが起こってるのかな。

形のあるものは、崩れるというけれど
形のない〈愛〉や〈恋〉は崩れないのかな?

第三章

君に何度でも恋してる

雲

ゆったりと
のんびりと
空を流れていく　雲

君はどこから来たの？
これから　どこへ行くの？
私には分からない
でも……
君はきっといろんな国の
　いろんな場所に旅をして
多くの人に　感動を与えるんだろうね

春　風

今朝　春風が吹きました
強い、強い春風でした

僕は君を思い出しました
大好きだった君のことを
君は強くて　とても優しいひとでしたね

きゃしゃな体つきで
身軽に走り回る姿
僕は何度想っただろう（その胸に抱かれたい）と

二人が別れてもうすぐ一年

次に逢えるのはいつになるかな？
それまで君が僕の心のなかで
春風のような存在であることを　祈ります

So Long

新しいものに出会うため
ヒトは何度も　さよならをくり返すよね
例えば　あの日
僕らはそれぞれの未来のため
別々な場所へ　飛び立った
あれから三回目の夏が来て
再び　何かを選ぶ時期　迎えた

今度はどこへいくんだろう？
君の明日　決めるのは君だね

So Long

伝え切れない　想い　抱え
離れてしまうのは　苦しい
だけどあきらめない限り
二人に　さよならは来ない

君の願いごとは……

君の願いごとは何？
手を合わせ瞳を閉じたその瞬間を
僕は見た

(学校を休んで、女の子と遊んでた)
それを聞いたとき
複雑な気持ちになったのを君は知らないね
僕だって苦しい
だれを愛しているかわからない胸を
打ち明けることの難しさに苦しんでいるから

だけど知りたいことがある

君の願いごと
寂しげな瞳で見つめているのは
どんな未来?

ねえ、聴かせてよ

Sky High

その大きな愛で
遠い未来まで　連れてって
気持ちしずんでガタガタな時も
きっと太陽　感じられるから

朝から雨がパラつく日は
仕事へ行くのもだるいけど
君の顔　見られると思ったら
そんなこと気にならない

Sky High　もう止まらないよ
ショクバレンアイ　禁じられたって

別にいいじゃん　好きなんだから
Sky High　もう泣かないよ
ショクバレンアイ　駄目になっても
それだけじゃない　この世の中は

夏の唄

あじさいの花　咲き出すと
かけ足で　夏がやってくる
ソーダ水と同じ色の空も
木陰の冷たい空気も
僕をとりまく　景色だけど

(あのときにもう、終わったんだよね)
いつまでも　恋心抜けない
情けないこの胸は
逢えないとわかっている　君のことばかり
考えて
さよならを言わなかったのは

未来を共に過ごすと　信じたいから
たとえ　明日で世界が終わっても
冷めない気持ち　届けるからね

幸せのある場所

遠く　遠く　離れてしまっても
消えない想いと
共に過ごした日々がある

(叶わない) とはっきりしていたことだった
それでも神様は
僕らにたくさんの偶然をくれたね

楽しかった時間は
とても早く過ぎていき
「さよなら」さえ言えなかった
そう　あの日伝えたかったのは

（これからも、好きでいたい）

遠く　遠く　離れてしまっても
戻れる場所と
共に過ごした仲間がいる
たとえ「昔のこと」だと笑われても

遠く　遠く　離れてしまっても
あの場所と
あの頃の夢は　失くならない

紅い糸

（ずっと、ずっと大好きだよ）
いつか　こんな言葉を伝えたくなるひとが現れるだろうか
伝説の紅い糸で結ばれた　誰か

毎日がただ平凡に過ぎて
恋とかもたいしたことなくて
だけど　自分の周りに愛が溢れているから　焦っちゃう
私の本当の恋人さん　どこにいるんですか？
もしかして　私の近くですか？
今はお互い　気がつかないけれど

いつか　どこかで　二人は結ばれるから

チューリップ

赤い口紅を塗って
君のところへ行こうと思う
どんなふうに映るかは　わからないけど
想う気持ちは　誰よりも熱い

三回目の春は
君と僕をまた離してしまいそうだった
互いを思い合って
別々な道を歩き出したのは　いいけれど
淋しさでこごってしまった　この胸は
どうにも溶かし切れなくて

バイト始めたよ
出逢えたらいいな……の意味で
どんな毎日があるのかは知らないけれど
忘れるはずのない　過去

空の涙はこの唇からは　色を奪うことはない
愛を伝える　チューリップ

空のダイヤモンド

届かないね
届かない

摑めないね
摑めない

あんなに　僕らに近いのに
あんなに　キラキラ光ってるのに

それはまるで　恋　みたいだね
「大好き」ってたくさん伝えてるのに
全然　相手にされない　一方通行の恋

掴めないね
届かないね
空に散る　ダイヤモンドも
まぶしいくらいの　君の笑顔も

これからも、この先も、ずっと

彼女が出来たんだってね　友だちから聞いたよ
一緒に過ごしたことさえも、君は覚えているかな？

ハプニングがある度にはちきれそうだった　胸
いつでも追いかけてた　瞳
思い出すあの日々は　何にも代えられない宝物

これからも、この先も、ずっと
君に惚れた頃の私で居たい
出逢えたこと　それだけで
十分　尊いから

これからも、この先も、ずっと
君に溺れた頃の私でいたい
知り合えたこと　それだけで
十分　嬉しいから

21の空へ

店先に飾られた　イルミネーション
まぶしくて　はなやかで
今の自分には　うっとうしく思える

彼女も出来たし
タバコもはじめたし
だけど　そんな君の姿に
私はまだ……

嫌いになっていないから　こそ
逢いたくて
忘れていないから　こそ

追いかけて
いつまでも　あの頃の続きを

21の空に
僕は君との未来　描きたい
『運命』と言えるようなモノかは
不確かだけど

21の空に
僕は七色の虹を架けよう
『夢』と言えるモノがあるから
諦めないように

傍《そば》にいたい

私は永遠なんて信じないけど
君のことは永遠に守り
続けたい

久しぶりだね
こんなにも（自分）を捨てて
君を愛してる

手の届かない
遠い存在だからこそ
想いは強く、深いのかもしれない

春が夏になっても
夏が秋を連れてくる頃になっても
ずっと、ずっと傍にいたい
すべての人に必要なものが　愛　だから

春が夏になっても
紅いもみじが白い雪に変わっても
ずっと、ずっと好きだから
私だけを見ていて欲しい

Dear My Friend

いつも君の隣で
おしゃべりしてた
西陽の射す　あの廊下がなつかしい
楽しいことも
辛いことも
好きだった男の子のことも
全部　受け止めてくれたね

いつからか僕らは
自分の夢を追いかけはじめ
逢いたくても　逢えない時間が
増えた

それが『若さ』の証だと信じ込んで

Dear My Friend
いつも　いつの日も
最高の存在であるように
元気をください
優しい　その笑顔で

Dear My Friend
いつも　いつの日も
最愛の存在であるように
勇気をください
強い　その歌声で

創ること

創ること
私にとって創ることは　喜び
好きなように描ける紙面は
自分の色で　染めることが出来るから

創ること
私にとって創ることは　楽しみ
描けることの素晴らしさ
私は誰より　知っているから

創ること
私にとって創ることは　痛み

たいした知恵のない頭で
絵空事を考えなければいけないから
創ること
私にとって創ることは
最大の幸せであり　最大の不幸だと思う

あとがき

このお話は、中学校を卒業した翌日に完成したものですが、皆さんが読むまでにかなり姿を変えています。起承転結がきちんと成されているし、要らない(?・)と思ったエピソードは書いてありません。

私自身も書き直しをしていて、同じ場面でもいろんな表現ができるんだなあということを知り、ますます『創ること』にハマっています。

さて、私は今、十九歳。いろんな事情で勤め先を転々と変えてはいますが、一つだけ変わっていないものがあります。それは、『夢を叶えたい』という気持ちです。

大恋愛事件の一年前、私はある教師（見習い）からきっかけをもらいました。それは、その先生が実習を終えて明日には大学へ帰るという日の朝、私は自分で書いた詩を連絡帳に挟んで提出しました。内容は忘れてしまったのですが、彼女はそれに深く感銘したようで、担任教師から「（感動して）泣いてたよ」と聞いたときとても嬉しく、そして、自分が書くものにそれだけの力があるのか！と驚き、

「この道に進もう」と決めました。

それから高校に入っても、想いは冷めることなく、私の書くものに対しての理解者とも巡り合え、今は今で、新日本文学会が主催する日本文学学校の受講生として創作に励んでいます。

けれど、楽しいことばかりじゃありません。親や、親戚に反対されてヒトリぼっち。こういう話をしたくても、なかなか受け入れてもらえないのが日常です。

それでも諦めないのは、私にとって『作家』という仕事は『運命』であり『使命』だと感じるからです。おおげさだけど、私は、そうだと信じています。

最後になりましたが、この本の製作にあたって下さったすべての人にお礼を申し上げます。

そして、私を知る人みんなに、この本が届きますように。

筒井くによ

著者プロフィール

筒井 くによ（つつい くによ）

1982年2月2日生まれ。
岡山生まれの岡山育ち。
DEENと小松未歩をこよなく愛する19歳。
将来の夢は小説家になること。

プリント倶楽部～幸せのある場所～

2001年12月15日　初版第1刷発行

著　者　筒井 くによ
発行者　瓜谷 綱延
発行所　株式会社 文芸社
〒112-0004　東京都文京区後楽2-23-12
電話　03-3814-1177（代表）
03-3814-2455（営業）
振替　00190-8-728265
印刷所　株式会社 平河工業社

ISBN4-8355-2946-4 C0095